ALLOCUTION

PRONONCÉE LE 1ᵉʳ MARS 1905, EN L'ÉGLISE SAINT-VINCENT,

DE ROUEN

À L'OCCASION DU MARIAGE

de Monsieur Émile BLANCHETIÈRE

et de Mademoiselle Suzanne VILLETTE

PAR

M. l'Abbé PICHON

Professeur au Petit-Séminaire de l'Abbaye-Blanche, près Mortain (Manche).

ROUEN

IMPRIMERIE LÉON GY

—

1905

*Sacramentum hoc magnum est in Christo
in Ecclesia.*

C'est un grand sacrement que le mariage dans l'Eglise de Jésus-Christ.

MADEMOISELLE,

MON CHER AMI,

DIEU a mis dans le cœur humain un
sentiment mystérieux et profond
qui, s'il n'est pas faussé, est le
plus beau reflet, la plus précieuse parcelle
du cœur divin. Quand le jeune homme et la

jeune fille sont arrivés à cet âge qui n'est plus l'adolescence, qui n'est pas encore la maturité, si la Providence ne les appelle pas à une de ces vocations spéciales de charité ou de prière, ils sentent s'éveiller en eux le désir de sortir de l'isolement, de chercher une âme sur laquelle ils s'appuieront aux heures pénibles de l'existence, et enfin de fonder une nouvelle famille. Et lorsque ces deux âmes, destinées à faire ensemble le voyage terrestre, se sont rencontrées, elles viennent demander au Tout-Puissant de bénir leur serment de fidélité et d'amour.

C'est un grand acte que celui-là. — Sous le regard du prêtre, au moment des prières inspirées et dans l'accomplissement de rites augustes, deux volontés et deux forces s'unissent pour la vie, — et sur tout cela tombe comme un voile de douce et grande majesté qui émeut les plus indifférents. — Ainsi la Religion chrétienne, depuis le baptême jusqu'à la tombe, imprime à tous les actes de la vie humaine un caractère de grandeur incomparable.

Tout à l'heure vos mains vont se serrer dans une douce étreinte, vos lèvres vont prononcer de solennels engagements que devant Dieu vous ne devez jamais violer, et tandis que vous ferez un mutuel échange de saintes promesses, le Christ laissera tomber du haut de la croix une goutte de sang pour sceller cette union de vos âmes. — Voilà le mariage chrétien tel que vous le comprenez ; vous

vous aimerez donc d'un amour grand et fort.

Vous mettrez en commun votre bonheur
d'abord. — Certes, il n'est pas de plus grande
joie que celle des époux unis dans la pratique
des devoirs quotidiens. Vous, Mademoiselle,
vous charmerez la vie de votre époux par la
douceur exquise de votre caractère, vous
soutiendrez son courage par votre dévoue-
ment fidèle et généreux, vous l'aiderez de
vos conseils. Qui plus que vous pourrait être
apte à être la compagne de chaque jour dans
le travail ? Formée de bonne heure à l'école
paternelle, vous avez appris le labeur et le
prix du temps ; à peine sortie des mains qui
avaient façonné votre intelligence et votre
cœur dans une éducation chrétienne, à l'âge
où nombre de jeunes filles ne rêvent que

joies et plaisirs, vous deveniez la collabora-
trice dévouée et vigilante de votre père.
Marchant sur ses traces et docile à ses
exemples, vous saviez réunir en vous la
tendresse et la bonté de votre mère et l'in-
fatigable activité de votre père. A notre
époque où l'on ne sait plus vouloir, où
trop d'intelligences ne savent plus se rendre
utiles, où trop d'énergies se dissipent en
pure perte, vous avez compris que la plus
belle noblesse, que le plus beau titre de
gloire est la noblesse du travail, l'honneur
acquis par le travail.

Vous, mon cher ami, vous serez l'appui
et la force de votre épouse. Comme elle, ha-
bitué de bonne heure à mettre en œuvre
votre active intelligence, vous vous faites

gloire des traditions de travail que vous ont
léguées vos parents. Vous serez l'âme de
votre foyer, et par vous la prospérité y
règnera, vous vous dévouerez en aimant et
vous aimerez en vous dévouant.

Est-ce à dire que votre bonheur sera sans
nuages et que nulle adversité ne viendra le
traverser ? Hélas ! vous le savez, vous sur-
tout, mon cher ami, la vie est une vallée de
larmes, nul ne peut se promettre de ne pas
goûter aux calices des deuils, des souffrances
et des larmes ; mais la souffrance qu'on sup-
porte à deux est plus légère, et comme vous
aurez uni vos joies, vous unirez aussi vos
souffrances, sous l'œil du Dieu consolateur.
Je passe, car l'heure n'est pas aux sombres
pressentiments, elle doit être tout à la joie et
à l'allégresse.

Vous serez donc ainsi unis dans votre vie de chaque jour, cette vie qui peu à peu sera tissée de mille petits souvenirs, de ces tendresses qui rendront vos cœurs à jamais indissolublement liés. Les années passeront, les fatigues pourront s'appesantir et sur vos fronts la neige des cheveux blancs aura remplacé les traits de la jeunesse. Qu'importe ! vous vous aimerez toujours comme aujourd'hui, parce que vous aurez travaillé, prié et souffert ensemble ; chaque jour vous aurez vu croître votre amour, et voilà pourquoi il me semble que vous pouvez redire en cet instant les paroles du poète :

..... qu'importent les rides du visage.
C'est vrai qu'un jour nous serons vieux, faiblis par l'âge.
Mais plus fort chaque jour je serrerai ta main,
Car nous nous aimerons chaque jour davantage,
Aujourd'hui plus qu'hier et bien moins que demain.

Soyez donc forts dans le bien. En ce temps de faiblesse et de lâcheté morale, il faut que les familles soient la régénération de la société. Aussi, Mademoiselle et mon cher ami, si Dieu vous accorde la joie de vous voir revivre en de petits êtres qui seront votre sang et votre image, prenez soin de ces chers enfants pour en faire des Chrétiens et des Français sans peur et sans reproche, des âmes énergiques et bien trempées pour les luttes de l'avenir.

Et maintenant vous pouvez échanger vos serments sous le regard de Dieu et de ses Anges. Vous êtes entourés de vos parents, de vos amis, de tous ceux qui sont venus en cette église prier pour vous et faire des vœux pour votre bonheur. Ces vœux je les joindrai aux miens, moi que vous avez appelé à bénir votre union. Tout à l'heure j'invoquerai Celui qui tient en ses mains nos destinées et je lui dirai : « Seigneur, vous la bonté et l'amour infinis, abaissez vos regards de tendresse sur ces époux, gardez-les dans votre amour, fortifiez-les au milieu des peines et des afflictions de la vie, donnez-leur la paix du cœur, cette paix qui fait la joie de la famille, — donnez-leur le bonheur de l'âme dans l'accomplissement de la tâche de chaque jour, si dure qu'elle puisse être parfois. — Qu'ils soient heureux et passent sur cette terre en faisant le bien. — Seigneur, bénissez-les comme je les bénis et que les vœux de mon amitié soient le gage des bienfaits que vous leur accorderez. »

Puissiez-vous être heureux sur cette terre !
C'est le vœu que tous ici nous formons pour
vous. — Et après avoir joui de ce bonheur
autant qu'on peut en jouir ici-bas, puissiez-
vous, par delà les bornes du temps, vous re-
trouver là-haut pour vous aimer sans fin !

www.ingramcontent.com/pod-product-compliance
Lightning Source LLC
Chambersburg PA
CBHW061442170626

46811CB00005B/2332